W9-BAS-938

Había una TRIBU

LANE SMITH

OCEANO Travesía

Para Jane Enlow

Título original: *There is a Tribe of Kids*

Esta edición se ha publicado según acuerdo con Roaring Brook Press, una división de Holtzbrinck Publishing Holdings Limited Partnership, a través de Sandra Bruna Agencia Literaria, S.L.

Traducción: Sandra Sepúlveda Martín

D.R. © Editorial Océano, S.L.
Milanesat 21-23, Edificio Océano
08017 Barcelona, España
www.oceano.com

D.R. © Editorial Océano de México, S.A. de C.V.
Eugenio Sue 55, Polanco Chapultepec,
Miguel Hidalgo, 11560, México, D.F., México
www.oceano.mx • www.oceanotravesia.mx

Primera edición: 2016

ISBN: 978-607-735-919-7
Depósito Legal: B-18064-2016

IMPRESO EN ESPAÑA / *PRINTED IN SPAIN*

9004209010816

Había un REBAÑO *de* CABRITOS.

Había una COLONIA *de* PINGÜINOS.

Había un RESPLANDOR *de* MEDUSAS.

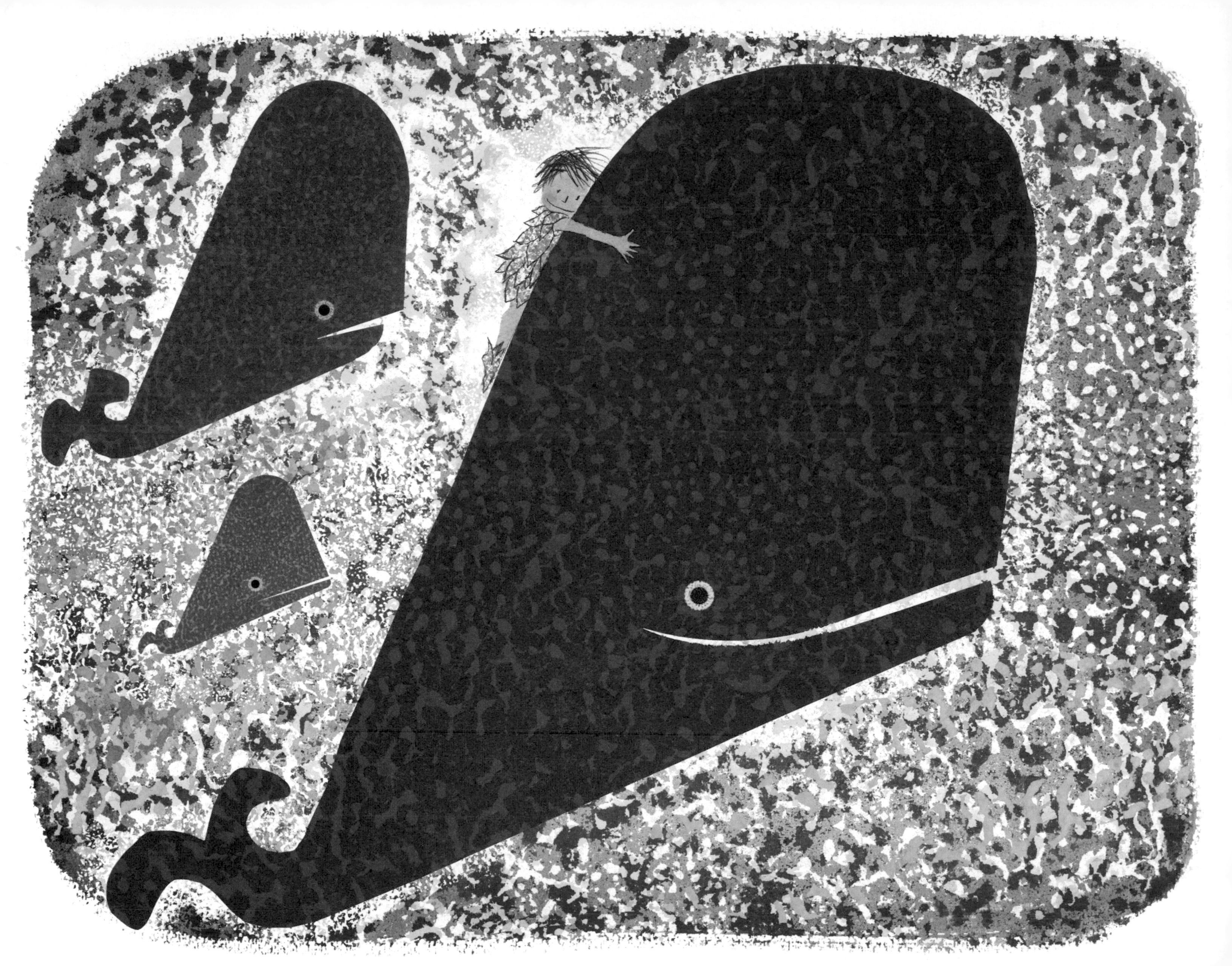

Había
una COMUNIDAD
de BALLENAS.

Había una
PICARDÍA *de* CUERVOS.

Había una FORMACIÓN *de* ROCAS.

Había una

MONTAÑA
de ESCOMBROS.

Había un REVERDECER *de* PLANTAS.

Había un

DESFILE *de* ELEFANTES.

Había una TROPA *de* MONOS.

Había un CHOQUE *de* RINOCERONTES.

Había una BANDA *de* GORILAS.

Había un CAMINO *de* TORTUGAS.

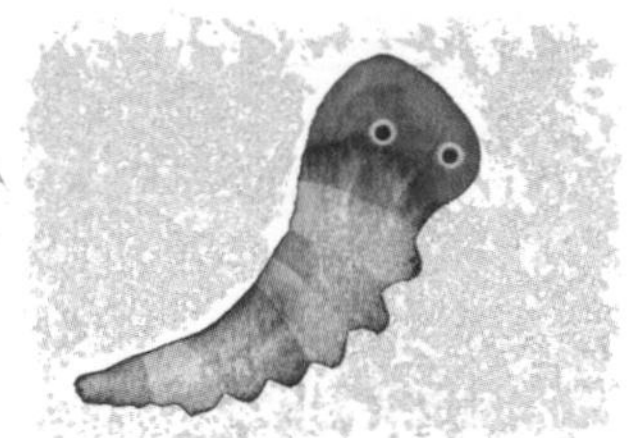

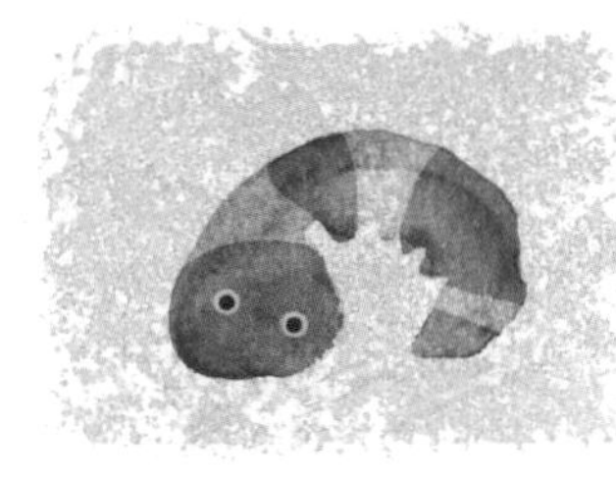

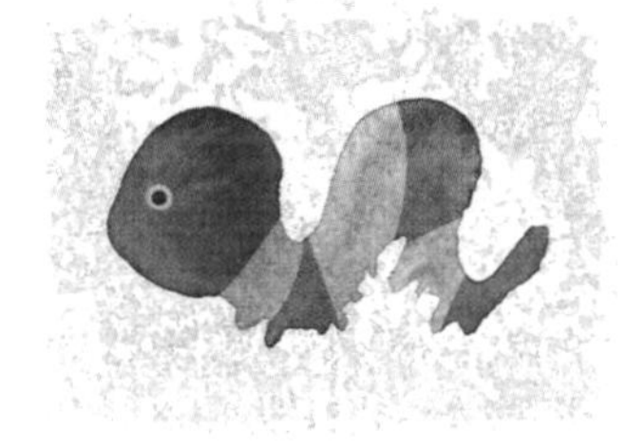
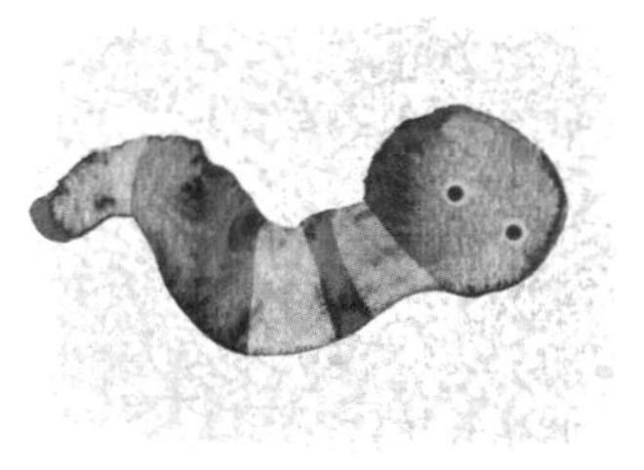

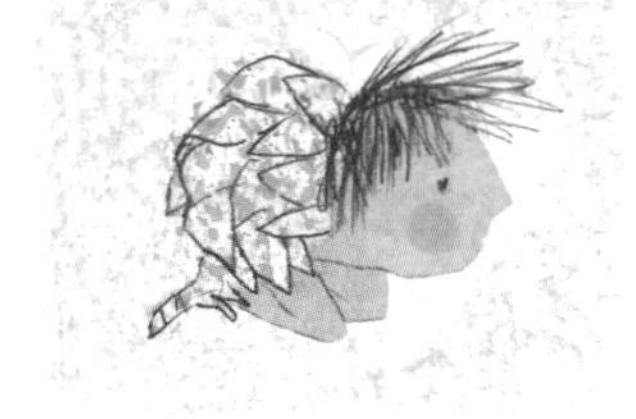

Había un EJÉRCITO *de* ORUGAS.

Había un SANTUARIO *de* MARIPOSAS.

Había un DESTELLO *de* LUCIÉRNAGAS.

Había una FAMILIA *de* ESTRELLAS.

Había un AZUL *de* MAR.

Había una
CAMA *de* ALMEJAS.

Había una NOCHE *de* SUEÑOS.

Había un
SENDERO *de* CONCHITAS.

Había...

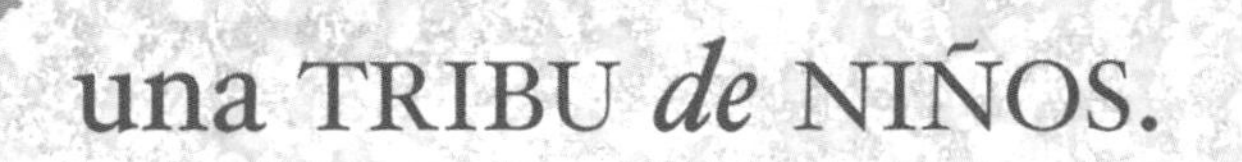

una TRIBU *de* NIÑOS.

Hay una

TRIBU *de* NIÑOS.